KB176550

혜린 오순영 제3 行詩집

채워지지 않은 내 모든 것들에 대하여

그 세 번째 이야기

行 도서출판 한행문학

세 번째 책을 내면서

에이 아이(AI)라는 로봇이 나와 인간보다 더 인간답게
모든 일을 처리하는 시대에 살고 있는 지금

행여 시를 쓰는 로봇이 나오지 않을까
걱정 아닌 걱정을 해본다.

글은, 읽어주는 독자가 없다면
그 글은 하얀 종이에 까만 그림일 뿐이다.

사순 시기(四旬時期)...
부끄러운 나의 신앙심이다.

따뜻한 음악이 흐르는 아침
hazelnut coffee를 마신다.

2024년 3월 21일 아침에

차례

[제1부] 채워지지 않은 내 모든 것들에 대하여 그 세 번째 이야기 [33편]

[제3부] 이유 없다 가는 저 봄날은 [15편]

[제4부] 가을 그 쓸쓸함에 대하여 [19편]

[제5부] 그럼에도 불구하고 [14편]

[제1부]
채워지지 않은 내 모든 것들에 대하여
그 세 번째 이야기

채워지지 않은 내 모든 것들에 대하여 그 세 번째 이야기

내가 보낸 향기
그대 받았을까 궁금해서

가슴 깊이 새겨둔
그대 마음 한 자락 꺼내보지만

쓴 편지 다시 지우는 내 마음
그대 알랑가 몰라

시간 넘어 세월을 내 주고
먼 시간의 기별에 내가 잠시 낮 달을 부여잡던 날

집으로 가는 길의 허무로 내 허언虛言은
허공에만 획을 긋는 무녀의 헛 발길질이 돼버렸어

한 동안 모두를 잃어버린 내 마음
반역의 못됨을 잠시 내려 놓아야지

권두사를 뭐라고 쓸까
또 쓰는 내 시집 앞에..채워지지 않은 모든 것들..그세번째 이야기

낚시터 有情

산 그림자
고즈넉이 호수에 차고

수 많은 별 무리도
함께 강물에 잠긴다

有心이 깊었구나
가버린 날들의 흔적에

꽃으로 피어난 밤에
무심을 가장하고 상념으로 울어 예더니

筆說이 꼭 필요치 않은데 아날로그 편지를 쓰고 있는 내가
산 바람에 흩날리는 미친둥인가

때이른 초저녁 달이
가만히 내게 와 아득한 날들을 얘기하고 있구나

헤어지면 끝이더라

헤집어 놓은 내 설운 은유隱喩에
모질게 박혀오는 그리움 하나

어제도 그랬던가?
도무지 알 수 없는 그때의 눈부심이 나를 옥죈다

지금 하늘에 기별을 놓던 네게 소식 전하고 싶음을
망령 된 짓이라 생각지 말아 주길

면 블라우스 바람에 하늘거리며
멋진 음악을 듣던 그때 우리

끝은 있을 터 분명
그걸 난 생각을 못 했지 영원하리라 생각했지

이제 맑은 눈물 글썽이며 너를 탐해도
모두가 헛 것 헛된 짓

더는 그 가을 날의 하늘 바람 잎새 내음을
기억하지 않을 터

라임rhyme이 멋진 운율에 다붓한 미소를 지으며
저물 녘엔 summer time의 달콤함을 함께 듣자던

어느 날 내가

못 본체 돌아 설 걸
빛 바랜 낡은 정이 목덜미를 휘어 감아 잠시 눈을 감는다

본디 아파할 것도 없는 허기진 마음이
타래 치듯 솟아 오름을 나 어찌하겠는가

체한 맘 돌이키려
열흔 고운 날 두 손 모은 이 못된 이기심을 욕해도 할 수 없다

돌아서며 가는 길에
머츰하던 비가 다시 내린다

아직은 낯설다
희붐한 이 새벽의 혼자가

설 익어 우는 건 절대 아닐 터
내색할 수 없는 빛 살 때문이 아니련가

걸쭉한 그대 잔영이
무르춤한 듯 싶더니 어느 샌가 훌쩍 저만치 가고 있다

그대 살며시 엿본 죄

그대
살며시 엿본 죄

대신 죄 갚음 해줘도
나는 더 할 말 없어 소이부답 할 수밖에 없다

살며시 고개 숙이고
아마 그랬을 것이다 나는

며칠 지나면
바람아 구름아 어르듯 딴 전 피우며 아마 그랬을 것이다

시간 흘러 지금
기억의 못 자리를 펼쳐봐도 도무지 알 수 없는 일

엿본 죄
지금도 미안할 뿐이다

본다고
내가 어찌할 수 있을까 만

죄이니
죄인일 수밖에 어찌할 말이 없구나

돌아보니

절반이 훨씬 지난 낡은 세월에
금박을 입힌다

반짝이던 청춘 무릎에 앉히고
짜릿했던 길 모퉁이에서의 입맞춤을 생각한다

꺾이운 바람 살며시 내려앉아
펄펄 끓는 지열地熱에 몸살을 앓고

인적 뜸한 골목길
남몰래 울먹였던 아득한 옛날이 날쌔게 지나간다

이십 년 쯤 살았을 땐
봉곳한 가슴 무덤이 활짝 핀 장미꽃처럼 예뻤고

십 년 쯤의 나는
깊이 패인 볼 우물이 너무나 예쁘다 했었다

이렇게 살다 보니
나 여기 황혼에 서 있구나

년년 세세 살아갈 것도 아닌데
왜 그렇게 채우지 못해 안달일까

그 집 앞

그 집 앞은 예나 지금이나 변함이 없이
세월을 비켜가고 있다

대문은 소슬한데 인걸은 없고
이끼 낀 기와 지붕이 타락해 가는 세상 것들에 밟히고 있다

의지이던가
그 세월에 무심한 것이

안부를 물어보지만
대답할 이유 없음을 내 어찌 모르겠는가

부질 없는 맘
대책 없이 해 맑았던 내 연심을 꾸짖는다

묻고 또 물어도

는적임 없는 대답은 허무
꽃 울음 우는 내 못난 저녁 저녁 답이다

다만 나는 한 그루 나무 끝자락에서
겨울 새로 날고 있을 뿐! 세월을 묻는다

옛 사랑

보내고 돌아서는 아픔
너는 알 리 없지

내 못다한 말
수면 위에 버려두고

고집스런 마음으로
너를 보내자 했을 때

싫은 마음이야
네 눈 빛으로 알았지

은은한 향기였다고 너 말 했을 때
너는 들녘에 부는 바람 같다는 내 말 너 기억하고 있을까?

편지로 보내는 마음

이제 구도복求度服 마저 하얗게 바래버린 네게

지금 나는
너와의 인연이 아니었음을 고백하고 있다

그때

달무리 곱게 지는 밤

빛은 없어도 좋다

한 조각 구름 머물고

조응하는 월흔 그리고

각기 다른 너와 나의 생각에도

에둘러 함께 함을 고백하는

취한 달빛에 내가 더 아프다

해후하는 밤

상념

꽃이 밤을 맞는다

길 위에 하얀 나비 오롯이 앉아

만나를 찾지만 반 물빛 어두움에 눈이 어둡다

걸어가는 척하는 나비가 계하의 밤을 장식한다

으스스한 산 자락 유년의 상여 집을 떠올리며

시간을 붙잡은 채 밤을 밝힌다

게을러 잠자는 시간도 더디다

황혼의 나를 위하여

한 편의 詩도 바로 쓰지 못한 내가
산속 깊은 곳에 서릿바람으로 날고 있다

송골매의 매운 눈매로 세상을 바라보지만
詩가 말語이 될 수 없어 여린 눈망울만 씀벅이고

이젠 어렵지만 東으로 난 창 너머로
멋진 시 한 편을 써 날려 보내야겠다

꽃으로 피어났던 시절
그렇게도 더딘 세월에 어른 흉내도 내 봤지만

이게 어디 흉내 만으로 되던가
저물 녘의 노을이 아직 오지 않았는데

라임rhyme이 어려워 글을 못 쓰는 것도 아닌데
이런! 어찌할꼬

오직 이제 나 만을 사랑하고 나 만을 위해
낮은 음성으로 고운 노래를 불러야겠다

어느 날 내가

깊은 산 계곡

은은한 햇살이
나를 다독이고

정 깊은 하늘 구름 정좌한 바위 틈에
푸르스름한 이끼 한쪽

나 만을 위한
잔치 준비가 한창이다

누가 있는 게 무슨 상관이랴
내가 여기 있는데

고집 부린 내 욕심이
낮은 음의 통증으로 되돌아오고

살아있음에
감사하는 마음도 잠시 뿐

자신의 통곡이
겨울 새의 떼로 날고 있다

가끔은 나도

가끔은 나 울기도 한다오

끔찍이도 좋았던 내 유년이
빠른 걸음으로 세월을 접을 때 가끔은 울기도 하고

은근한 저녁 나들이가 유쾌할 즈음

울어 예는 기러기
가을을 탐할 때 가끔은 울기도 하지

기억도 어제 같은 스무 살을 꺼내다가
연분홍 연서를 쓰다 말고 가끔은 울기도 하고

도심의 가장자리에서
슬픈 눈요기를 하다가 가끔은 나 울기도 하지

하 많은 세월이 흘러
바래진 내 뒷모습을 보다가 가끔은 울기도 하고

고집스런 하루를 돌아
산 허리 저녁놀을 보다 가끔은 나 울기도 한다오

마지막으로 추는 그대와의 춤

다량의 봄 향기를 맡으며
그대와 탱고를 춘다… 그리고 웃는 얼굴

시도 때도 없는 미련
돌아서는 길 덩그렇게 남은 나의 저녁

한나절 소나기가 그렇게 지나간 후
나는 안부를 묻는다 허공을 흔드는 허깨비의 몸짓으로

번외 경기를 하듯 그렇게
가슴 한쪽에 서걱대는 내 마음을 갈무리 하고

듣지도 들을 수도 없는 네 음성에 무심한 것은
당신을 잊으려 하는 내 반역일 테지

고이는 눈물
빗물이라고 하자 그대… 무정하다 님이여

싫어도 할 수 없는
아니지 그건 역시 반역일 거야

어디쯤 있을까
아무리 머리를 굴려도 그곳을 나는 가늠할 수가 없다

이것이 세상이다

어제도 오늘도
어둠은 있다

둠 둠(불변)은 없다

속도의 長短이
있을 뿐

의로운 일들에
시선을 모았으면 좋겠다

촛불은
눈물 방울로 세상을 밝히고

불은
밝은 색깔로 세상을 따뜻하게 한다

이것이 정석이다

여분의 사랑이
가슴 따듯하게도 하는 세상이다

착각하지 마오

나
여자요

행여
남자라 오해하지 마오

복스러웠던
소녀 시절도 있었소

할 만큼 하고
살 만큼 살아온 여자요

테스 형도 부를 줄 알고
여자의 일생도 부를 줄 아는 여자요

나체의 심오한 말도 알아들을 수 있는
그런 여자란 말이오

하루를 접으며

가슴 한 자락 내 가난한 사치를
無念의 주머니에 넣고 하루를 닫는다

난해한 우울 덩어리도
풀어 헤쳐 본다

한 줌 흙이 된 영혼들의
편안한 안식을 빌고 눈을 비벼 보지만

마음 자리는
기쁨을 넘지 못한다

음험함이
무지기처럼 피어 오른다

자리끼.. 할아버지 머리맡에
꽃 국을 떠 올리던 울 엄마가 그립다

落書처럼 나는 효부孝婦라고 썼다
울 엄마의 그런 행위를..

에돌다 지친
그리움의 끝이었을까? 그냥 그립다

내 서른 즈음의 추억

서른 즈음
설은 엄마 젖 몸살에 울 남자 손길 뜨거워지고

산 밑 앉은뱅이 동네 어귀
일자형 양 기와집

마당 깊은 곳 한쪽에
작은 화단에 내 손길 분주했지

루각처럼 오똑하게 마당 한편
해우소 자리 하고

노을 한 자락
쪼맨 대청마루에 오롯이 자리하면

을이 되어버린 내 청춘도
갑처럼 득세했지

곱고 예쁜 내 아기의 엉덩이가
토실토실 살이 오를 무렵

구구만 리 날아갔던 내 꿈도
다시 돌아와

나 이제 돌아보니
꿈만 같은 세월이었구나

봉숭아 꽃 필 무렵

봉숭아 꽃 곱게 빻아
피마자 잎에 싸매 주던

숭숭 뚫린 하얀 모시 적삼
울 엄마가 생각나오

아주까리 동백 기름
흑발의 쪽진 머리

꽃으로 피어났을까
구름으로 피어났을까

물 거울 속
산기슭에 나를 눕히고

들녘 가득한
초록 즙을 훔쳐보다가

일몰의 더딘 걸음에
초록 별 하나 물 위에 뜨면

때마침 물방개비의
어수선한 나들이가 유쾌하다오

분수령

어제 품었던 연정이
이지러진 달빛에 실려가고

제 할일 못한 마음은
열여덟 소녀처럼 붉다

마음 깊은 곳 한구석엔
체념 같은 아우성이 익어가고

신이 난 세월에
허허실실 나는 작두 타는 무녀가 된다

커다란 구멍에
그를 향한 마음을 묻고

피어나는 한 송이
장미꽃이 되려 하고 있다

때

잊어야 할 때

지금은

말없이 그냥 살아가

자금성 같은 내 보금자리
그 아득한 날들

육신의 달빛이
얼어붙은 빗장을 움켜쥐고 있다

이 또한

오직 나 만을 위해
모두를 버려야 할 때

뒤 돌아보지 마세요

[부제] 지나간 것들

뒤 돌아 나를 본다

돌이킬 수 없는 옛이 그리운 것은

아마도 빛났던 그때가 깊었던 때문일 게다

보이지 않은 그림자에 나는 눈물 그렁그렁한 저녁을 맞고

지는 해가 음율 고운 시 한 편을 쓰고 있다

마음 한 자락

세상 모퉁이에 내려놓은 지금
남몰래 울먹였던 아득한 그 가을 저녁 답을 생각하고 있으니

요나의 그것처럼 바람으로 남는 쓸쓸한 날이구나

저녁녘의 투정

주여

여기 저

어쩔 수 없는 신앙으로 근근이 버티고 있습니다

디에나 로켓같이 유명한 운동선수도 아니고

로변의 풀잎 같은 그러나

가슴 만은 따뜻한 여자입니다

시도 때도 없이 몰려오는 한 근의 적막

나 이제 자유롭고 싶습니다

이렇게

까닭 있는 투정을 주님께 부리고 싶습니다

역마살

세계를 다 돌아봐도

계속 돌아 보고 싶은

사이비 종교 같은 역마살

삶과 인생

삶에 어디 편안함만 있으랴
남음도 모자람도 있을 테지

과유불급이라 해도
조금은 남았으면 좋겠다

인생사 새옹지마라 했거늘
그래도

생각이 도를 넘으니
사악함이 서로 엇갈리는 순간이다

의제를 놓고
마음의 갈등을 새기는 어느 老 詩人을 생각한다

단절된 꿈
써먹어 달아 빠진 내 뇌腦 속으로 바람이 지나가고

상기 안 온 내 청춘은
오늘도 허우적대며 빛났던 그늘의 깊이를 재고 있다

통회痛悔

한 해의 끝자락에서
돌아본 내 모습은

삼삼했던
내 젊은 날의 초상은 아니었구나

동쪽에서 떠오르는 햇살처럼
영롱하지도 않고

하얗게 빛나는
진주 같은 삶도 아니었구나

모나지 않게 살려고 노력했지만
그건 생각 뿐

니가 있기에 내가 있음을
생각지 않은 모난 나였구나

* **한삼동** : 카페 '한국행시문학'의 옛 이름 '**한**국**삼**행시**동**호회'

꿈속의 사랑

꿈이 흐릿하여
그리움을 전할 수가 없다

속엣 말 해보려고
달빛 속살을 만지려 하지만 손이 닫질 않는다

의지가지 없는 내 상념이 무등을 타고 있고
나는 바람의 벽을 타고 논다

연극 무대가 끝난 허무함으로
꿈속을 기어 다니고 있는데 소용없는 일

인연 닿아 내가 너를 부르고 있으나
세월 가면 사라질까 그 햇살과 바람이

이제

여기 나 벗겨진 부끄러움으로
세월을 탓해 보지만… 부질없는 짓이다

좋겠다

햇살이 넘쳐 났으면 *좋겠다 *
자외선에 얼굴이 탈지라도

살 같은 세월에 힘든 일도 많지만
한편의 시를 쓸 수 있으면 *좋겠다*

부여 잡은 손들에
따듯함이 묻어 났으면 *좋겠고*

서른 즈음의 햇살처럼
부드럽고 찬란했으면 *좋겠다*

지는 해 돋는 해처럼
하냥 겪는 일들이고 치레이긴 하지만

는적임 없이 오는 저 장맛비에
우리 모두 피해 없었으면 *좋겠고*

오늘에 감사하며 살고 있는 우리들에게

후한 하느님의 축복이 있으면 *좋겠다*

그리움

맴돌던 얼굴이 가뭇없이 사라지고
당신의 현絃이 꽃 울음 우는 저녁이다

돌아보면
그지없는 어제가 나를 붙들어 잡고

다시 오마 얘기하지만
부질없는 짓이다

가량 맞은 내 가난한 사치에
한껏 색칠을 해보지만

는적맞게도
나는 도루아미타불을 펴 올리고 있다

얼얼하게 매운 입안에
달콤한 슈가 볼sugar ball을 집어 넣은들

굴곡 되어버린 그림자가
다시 펴질까

그 해 가을

꿈 엔들 잊을까
찬란했던 가을날의 그 한 없는 빛의 역류를

속살 감추며 수줍었던 잎들이
만홍으로 융단을 깔 즈음

의무를 저버린 갈 빛의 구름 날개는
한 무리 적막으로 떼 지어 날고

연연해 하던 그리움의 도반道伴이
미련둥이처럼 세월 속에 떠 밀리고 있다

인수분해 하듯 계산하면 반역일 테지
정녕 그 계절은 사랑이니까

이제 나 여기 대책 없이 나대는 바람의 여자를 위해
낮은 휘파람으로 달래 봐야겠다

여분의 사치를 위해
여문 詩들의 목록을 챙겨야겠다

금지된 사랑 법

달빛이 물을 머금어 무겁다
반 물 빛 어둠이 내 허기진 시간을 움켜쥐고 있고

빛이 가려진다고 내 생의 수줍은 연심이 가려질까
기억의 못 자리를 더듬는다

젖은 이슬에 살짝 달빛이 다녀가고
야맹이었던 우리 개여울에 빠져 허우적대던 내 여심이 수줍다

은연중

금새 연인이나 된 것처럼
행세하던 날

빛이 밝음을 왜 몰랐을까
인연이 아님을 바람의 경전에 적어 넣는다

물결 위로

결 고운 바람이
파도처럼 보챈다

가을이 지나가도

가끔 나도 운다
아주 섧게

을야의 깊이를 재며
울기도 하고

이젤을 앞에 놓고
가을의 깊이가 서러워 울기도 한다

지나간 모든 것들에 감사하며
철 들은 체 하기도 하고..

나 이제 가을 뒤에서
웅숭 깊은 시 한편을 쓰고 싶다

가려고 채비를 하는
이 가을 속에서 시 한편을 쓰고 싶다

도도한 세월에
맞짱도 뜨고 싶다

내 안에 붉은 꽃 심

내 안에 붉은 꽃 심은 나도 어쩌지 못 하지
검은 머리가 상霜 발이 되었어도

안으로 삭힌 세월에
하늘을 날 수 있는 날개를 달아준다 하길래

에둘러
떠나온 청춘에 금박을 입혀보지만

붉은 꽃 심은
텅 빈 마음 집을 하늘에 몇 채나 짓고 있음이야

은종이 고이 펴
그래 고마웠어 라고 적고는

꽃 심을 어쩌지 못하는 바람의 여자를 위해
내 가난한 사치를 가만히 내어 주어보지만

심욕心慾

은짬을 할 때처럼 나는 귀 밑 볼을 붉혀 볼 수밖에

[제2부]
황혼녘의 바람 風

성장통

한 줌 세월인 것을 무정하다고
무에 그리 애닯다 하랴

가이 없는 하늘이
나를 보고 웃는다

위를 보고 아래를 봐도
세상은 온통 허무로 가득한데

만장 같은 그리움은 품어도 품어도
마르지 않은 마중물 같다

같아도

아주 같지 않은
너와 나의 아픔은

라임 오렌지 나무의 제제처럼
늘 성장통을 앓고 있구나

有情

산 그늘 깊은 자락
살얼음 파편 조각

수줍은 색시처럼
풀꽃 하나 외롭다

유정이 깊었구나
살며시 찾아온 길

꽃길은 아닐레라
표표히 떠나는 바람

필설筆說이 필요한 것도 아닌데
다량多量의 아픔을 늘어놓고 있다

때 잃어 가는 세월 가면 또 오는 것을
웬 부질없는 걱정을

밀회

달이 물을 머금어
많이 무겁다

빛 바랜 달무리가
밤 고요를 흔들고

아름드리 고목 나무에
바람이 인다

來日이 어두운 두 마음은 한사코
불 밝히기를 거부하고는

두 어깨를 가만히
부딪힌다

마음이야 어디
거부할 수 있겠는가

음산했던 달빛에 살짝
구름이 걷혀 간다

그대 떠나고

당신에 대한 부질없는 내 욕망
내려놓으려고

첫 새벽 잃어버린 내 모습에
분 칠을 하고 있다

참담하게 식어버린 가슴
허공에서 춤을 추는 남루한 내 영혼

멋지게 살다 간 이승은 한낱 사치였던가
내 곁을 그리 떠나버리니

쟁그렁 금속성으로 깨어지는 황홀은
잠시 눈을 감는다

이만큼 나 여기 서서 빈 듯 가득 차있는
그대 사랑을 휘파람으로 날리고 있다

하느님

영원한

생명은
없으니

불꽃처럼
열심히 살다가

멸滅하지 않는 세계로
가게 하여 주십시오

의롭게
살게 하시고

시詩 속에서 나를
다스리게 하여 주십시오

적금 타 여행 간다

적금을
안 들었으니

금전적으로
궁핍하나

타건 안 타건
그냥 떠나보자

여행은

행복 지수
채워주니까

간다
언제든지

다음은
슬로베니아

첫 사랑

잠깐의 밀어가
발 아래서 밟힌다

시간이 멈춰 선 거리
산탄처럼 흩어지는 기억을 다시 모으는 이유는 뭘까

가슴 봉곳한 곳이 아름답던 시절
구도의 길 어디 쯤 에서 스란스란 발자국 소리를 냈던 그때

슴벅이며 숨을 쉬는 연어처럼
나 그때로 다시 돌아갈까

에돌다 지친
유월의 햇살이 눈부시다

묻어둔 기억이
애옥했던 살림살이처럼 여돌차게 떠오른다

당신에 대한 기억 한 줄

당최 알 수가 없다
그윽하게 농염했던 그 눈빛을

신들린 사람처럼
익어가는 여름을 향해 옷깃을 여미는 시간

에둘러 가슴을 열고
젖은 미소를 품은 계하季夏의 밤

대단했던 것도 아닌데
나 혼자의 오만이었을까

한가한 날

기억을 더듬어
한 올 진 그때를 나 떠 올리고

억 소리 나게
울음 울던 기억 한 줄

한사코 마다했던 마음
들때 밑처럼 오만한 내 생각

줄줄이 이어진 기억에
떨거둥이처럼 외롭고 쓸쓸함을 나 어이 할까

因緣

[부제] 우리들의 이야기

너에게 묻는다
나는 뭐니? 너에게?

는적임 없이 하는 말

꽃이야

눈이 예쁜 너는 내게
호수이며 촛불이야

나에게 묻는다 내가
너는 뭐야? 나에게?

는적이며 하는 말

꽃밭이야

살아있는 모든 것들에 내리는
따스한 햇살 같은

이런 날엔

낮은 하늘이
기염을 토하며 포효한다

아침이 건강해
오늘에 감사하는 낮은 백성

진짜 이유는
절실해진 내 기도에 감사함이다

어머니가 그리운 날엔
두고 가신 조금은 낡은 묵주를 꺼내본다

깨끗하고 정갈했던 그의 삶이
내 목표는 아니라도 나는 엄마를 닮았음에는 틀림없다

에둘러 떠나려는 가을이
무정하고 아프다

기대었던 삶이
스스로 혼자임을 알아가는 지금은

대단할 것도 없는
나였음을 배워가며 성장통을 앓고 있다

어즈버! 세월아
내 고향 어디 쯤에 가을 소식 좀 전해 주렴

부치지 못한 편지

부서지는 햇살이
허공을 가른다

치워 없애버린 추억들이
어겁되어 밀려오고

지친 하루를
허공 벽에 내려놓는다

못다한 이야기는
나중에 하지 뭐 달무리 지는 밤에

한시도 못 잊는 네게
내 여낙낙하지 못 함을

편지로 쓴다
지금

문득 네가 생각나면

내가
어느 날

마음을 열어 너를
바라볼 때

음울했던 마음이 사라진 이유를
아직 모르겠다

의리 때문도 아니고
연민은 더욱 아닌데

여인이기를 갈망하는 나는 다만
고해성사를 하고 있다

백주 대낮
민낯의 내가 부끄러울 뿐이다

역사 바로 알기

잊혀지는 게 어디 그것 뿐이던가
첫사랑의 달콤함도 잊고 사는데

지금은 살얼음판 같은 평화가
허공을 역류하고 있고

말없는 38선은
한반도 허리를 아프게 동여매고 있다

자랑스러운 우리의 소나무들은 시린 세월로 자라나
추운 겨울을 견디며 얼어붙은 빗장을 움켜쥐고 있는데

육 이 오를 동족상잔이라는 문구가
상여 뒤 만장처럼 바람을 가르며 펄럭이고 있다

이제

오직 우리는 거짓 평화가 아닌
참 평화를 원하고 있을 뿐!

貧자의 한

가난이
운다

로변의 가지런한 박스에
가난이 눈요기를 하고 있다

등 굽은 할배의 걸음이
무겁고

위 아래가 온통 허무로
가득 차 있다

비가 내릴 듯
하늘이 어둡다

애가 탄 할매의 마중이
서럽다

지금은 여행 중

통로를 지나
짧은 길

하지만 더 나갈 수 없는
기차 안

는적이지 않고 달리는
빨 주 노 초 파 남 보 의 뷰view

것들 중에 제일 좋은..
먹는 것 가는 것 자는 것 보는 것

들녘과 산 그리고 지나가는 것들 모두..
지금은 여행 중

그리고 웃는 얼굴

그리고
오월은 천천히 내게 와

리듬 타는 곡예사의 그리운 몸짓으로
저물녘을 끌고 와서는

고운 눈빛의 사랑을
내게 선물하고 있다

웃는 얼굴
그게 사랑이라고 말한다

는개비처럼
그 사랑은 천천히 내게로 와

얼얼하고 매운
내 일용한 양식의 일부가 되고 있는데

굴욕적인 아부로
달디 단 양식이 되지 않기를 빌고 있다

煩惱번뇌

산자락에 매어 달린 조그만 庵子
주승의 목탁 소리가 그윽하다

천 년을 살았을까
골 깊은 암석巖石은 무심을 가장한 체 앉아있고

에서에서 내가 내게 하는 말
세상사 새옹지마라 하지 않았던가

봄이 오겠다고 언젠가 소식 주더니
벌써 내 소맷자락 끝에 와 있구나

아직은 그래도 세상이 아름다우니
저기 좌불座佛한 부처님께 감사 절을 할까

가소롭구나
예수께 읍 한 네가 어찌 유다 흉내를 내려 하는가

씨알도 안 먹히는 발 머슴 버둥질 치지 말고
테스 형 이러 저러 겨르로이 살아야겠소

빗장을 걸어두면 나 어찌하나
[부제] 짝사랑

빗장을 걸어두면 나 어찌하나

장문의 연서戀書를 써 그대 문 앞에 서 있는데

걸어둔 빗장 풀어놓길 얼마나 바랐던가

어두운 밤 애면글면 하던 내게

두고 간 연서는 연서가 아니었네

면전에 줄 수 없어 두고 간 책 갈피에

어제 같던 옛날이 꿈처럼 다가와서

찌들은 청춘 자락에 금박을 입히누나

하나 둘

나 우리 모두 그렇게 늙어가고 있는 것을

해가 잠 드는 바다

[부제] 짧은 여행길에

해가 기울어
먼 바닷가 가장자리에 머물면

가뭇없는 내 의자가
너를 향해 달려가고 있다

잠포록 하던 날에
해무리 곱게 피더니 어느새 한 낮이 저만치 가고

드러눕는 바람은
여들 없는 겨울을 만들어내고 있다

는적는적 가거라 세월아 했더니

바다를 보라 한다
꼭두 인생 거기 있지 않느냐고

다함 없는 삶
겨르로이 살아보자 다짐하는 맘이다

황혼녘의 바람 風

나 정도면 괜찮지 않을까?

만족하진 못해도
자신감을 갖자

을이면 어떻고 갑이면 어떠하랴
내 좋으면 그만이지

위아래가 있어 이제 나 위(上)가 되었으니
어른 노릇을 해야 되겠지

해야 할 일 안하고
어른이기만 바란다면

반역이지

짝꿍도 가버린 지금

이 또한
삶의 부질 없음이야

는실난실 사는 것도
나쁘지는 않을 터

자유 여유 이유 야유

[부제] 내 생각

자유는

유감 없이
나를 들추는 것

여유는

유리하게
나를 기쁘게 하고

이유는

유감스럽게도
무엇인가를 따지고

야유는

유리한 쪽으로 몰아가며
아우성 치는 것

울 엄마는

내가

생명을
얻었을 때

애옥한 살림은
아니었다지

의지는
충만했어도

동반자는
금방 떠나버리고

반 토막이지만 온전한 사랑으로
나를 키워 내셨다지

자나 깨나
나 만을 생각하셨다지

낄끼 빠빠

신조어

낄끼 빠빠가 무슨 말인지 아세요?

낄 때
끼고
빠질 때
빠지라는 신조어랍니당

세월 탓인가 했더니

청산에 살고 지고

포말 가득한 바다면
더욱 좋을시고

도랑 치고 가재 잡던 그 시절이
그립구나

익어서 넘쳐나던 내 청춘도
그리운데

어즈버~ 돌아갈 수 없는 옛이
여기 있네

갈길 먼 바람 불어
세월 탓인가 했더니

때마침 세월 탓하는
내 탓이었구나

가는 세월아

휘감아 도는
세월에

감춰진 청춘이
줄 행낭을 친다

아깝긴 하지만
가는 청춘에 미련을 두면 뭐 하랴

도도했던 옛이 그립긴 해도
이제 그림에 떡인 걸

는다는 주름이고
준다는 세월이라

세월에 약을 발라
칭칭 동여매어나 볼까

월앙을 동여매면
세월이 멈춰 설까

에서에서 바람이 내게 하는 말
세월 탓하지 말고 오는 세월이나 잘 쓰라 하네

세상의 모든 행위들에 대하여

그리고

대신 해줄 수 없는 인간들은
작은 위로를 보낸다

의리와
도리인 것처럼

맑디맑은 하늘은
천둥 뿌린 그날을 바람의 경전에 적어 넣는다

은은한 미소는 한낮 사치이다
그들은

미안함 마저 모르는
인면수심人面獸心이려니

소리 없는 아우성은
또 내리는 빗속으로 사라져 버릴 테지

이재민의 辯

천하가 요동치더니
다시 검기울*은 도시가 무섭도록 조용한 밤이다

재산이야 뭐 있을까
살아가는 자체가 내 재산인 걸

지금은 서러울 기운도 없지만 어쩌랴
다시 일어설 수밖에

변변히 입을 옷 하나 건지지 못하고 나왔으나
그래도 감사하지 않은가

이
하나밖에 없는 목숨은 건졌으니

겨우 빠져 나온 내 삶의 터에
온갖 오물이 춤을 추고 있다

내가 살고 그들이 갔으니
죄송하고 아플 따름이다

자랑일 것도 없는 초라한 내 삶의 터가
영광의 월계관처럼 티브이에 비쳐지고 있구나

* 검기울 : 순 우리말이며 검은 구름이나 먹구름이 차차 퍼져서 해를 가리고 날이 점점 어두워진다는 뜻. 대낮에도 어두워 짐

니들은 늙어봤니?

리필해 보자
우리 그때를

필사적으로

도도했던
그때

할 수 있는 건 다 했던
그때 우리들은

수없이
사랑도 했었고…

없지만…
지금은 청춘은 없지만

다 해봤다
니들은 늙어봤니?

지진

[부제] 튀르키예

부서진 잔해 그 안에
사람

처참해진
삶

님이 오길 바라는
삶에

손님으로 온
재앙

바들거리며 이어진
생명의 끈

닥지닥지 붙은
처참한 모양

안이한 지금의 내가
미안하다

어떤 사람

공짜로

짜장면을
얻어 먹는다

없는 돈 내는 네가
미안하고 고맙다

는적는적 신발끈 매는
돈 많은 친구들보다

세상 어떤 것 보다
아름다운 일이지

상상해 봐
얼마나 멋진 일인지

청춘의 덫

사실은

랑랑했던 그때가 그리워
나는

은은하게 내려앉은
달빛 속살을 만지던

시간과 그리고 공간들
꽃 울음 울던 때

가볍지 않은 동전의 양면을 세듯
가난한 사치가 염치 없을 때

되고 안 되고는
그냥 물음표에 지나지 않았었지 그때는

고高 퀄리티의 삶이
그리 중요하지 않았었으니까

[제3부]

이유 없다
가는 저 봄날은

봄이 온다 하길래

봄 마음
수줍게 내게 들어와

아시시한 실크 스카프가
하늘 빛을 바라고 있다

씨앗은
움트고

제 오는 건 이치이고 섭리인 것을
새삼스럽게

오감을 자극한
봄나물 한 상 차려

시방 나는
손들과 수다를 떨고 있다

네 것 내 것
모두를 버무려 비빔 수다를 떨고 있다

이유 없다 가는 저 봄 날은

이유가 있을 게 무엔고, 가는 봄이야 하늘의 섭리인 걸

유한한 인생살이 하냥 저 봄날 만이면
사악한 인간들 심심해서 어찌 살아

없는 것 빼고 다 있는 세상이니
혼자 둬서는 안 되겠다 저 바람의 여자를

다량의 사랑이 고파서
이유 없이 가는 저 봄날을 탓하고 있는가

가소로운 내 초라한 사치가
꽃비 내리는 봄날을 시샘하고 있나 보다

는적는적 가자 했더니
또 유록柳綠의 봄이 건들건들 저만치 가고 있다

저어~ 있잖아요

봄님
가시거든 가을님 잘 있느냐고 안부나 전해 주실래요?

날마다 청보리
죽순처럼 우두둑 자라는 날에

은은한 실크 블라우스 차림으로
나 늦은 봄나들이라도 가야 할까 보다

4월에도 밤은 내린다

은사시나무 잎 사이로
달 안개가 아련하다

빛은 꺾이고 휘휘해진 동네 어귀
허리 꺾인 할매의 손수레가 슬프고

내가 지금 할 수 있는 일은
끄적끄적 발로 시를 쓰는 일 뿐

린넨 블라우스 소매 끝에 스며든 4월은
내 눈 속에 담긴 휘영한 달빛을 탐하고 있고

사월은
그렇게 훠이훠이 가고 있다

월. 화. 수. 목. 금. 토. 일 을
껴안은 채

의족에 몸을 맡긴 저 아픈 사월은
내 입가에 맴도는 하늘 빛깔의 미소다

밤이 내리는 사월.. 비는 내리고
하여 나도 그 빗속에서 눈물샘 보따리를 챙기고 있다

그리자꾸나

꽃이 핀다 했더니
세월 좋아 꽃구경 가자 하네

이렇게 꽃비 흩날려 버리면
그 무심한 세월 어찌 감당 하라고

핀 꽃이야 저 좋아서 피겠지만 져 버리고 나면
바라보는 아픔을 알기나 하는가

다함 없는 세월에 금박을 입혀도 나는 감당할 길이 없다

했어도 안 했어도
어차피 여인의 꿈은 꽃이기를 바랄 뿐

더는 무엇을 바랄까
나이가 타 들어가도 그냥 꽃이고 싶다

니하고 내가 그렇듯
우리는 언제나 마흔아홉에 머물러 있자꾸나

4월의 戀歌

동그랗게 퍼지는 물 사위에
호수에 잠긴 산 그림자 춤을 추고

백주 대낮 작은 키 풀숲에
나비 한 쌍 짝짓기에 여념 없다

꽃비 내려 푸름이 진동하면
가는 세월에 또 까닭 없이 목이 메이겠지

붉어 예쁜 동백은 저물녘의 노을처럼
예쁜 자태를 감출 즈음

은백색의 목련은
하늘 바라 그리움을 토해내고

사랑놀이를 하던
봄바람은

연한 초록빛을 남기고
멀어져 간다

봄날의 상념

석양 빛 곱게 내려앉은 들녘에
하다분한 바람이 인다

양질의 빛은 기울어
골막한 봄 기운이 감돌고

빛 고운 날에 나는
분홍 빛 연서를 쓰고 있다

고왔던 시절
나는 어떤 꿈을 향하고 있었을까

운명 같은 인연은
서른 살 즈음의 내가 영글었고

날마다 숨막힐 듯 뜨거운 내 삶이
지금의 나를 만들어 냈으리라

하늘을 닮은 봄 소식

하늘 빛을 닮은 휘어진 솔낭구에
춘설이 살짝 다녀간다

늘 그랬듯이 하늘 빛은
울 엄마의 그리움을 닮아있고

을숙도의 철새는 봄빛을 안은 채
고요의 열반에 들고 있다

닮아있는 하늘은
청보리 언덕 넘어 윗집 엄마* 가슴에도 스며들고

* 윗집 엄마 : 외숙모

은빛 억새 무리는 또 새 삶을 위해
부지런히 싹을 틔우고 있다

봄. 봄! 이 봄엔

소리 없는 아우성이
기氣 꺾인 백성에게 기쁜 소식 주려나

식솔들과 더불어 사는
천변의 저 청둥오리 떼가 부러운 오늘이다

아니 벌써

뜨락에 누운 라일락 꽃잎은
오월 햇살 아래 한가로이 노닐고

거짓말처럼
여름은 빠르게 봄을 밀어내고 있다

운지 천변
앉은뱅이 민들레는 수줍게 얼굴을 내밀고

봄인가 했는데
여름은 하늘 가득히 뜨거운 밀어를 준비하고 있다

을왕리

바다와 맞닿은 하늘엔
구름이 졸고

닻을 내린 작은 배
한가롭게 노닌다

가슴이 동그란 게 한 마리
뻘 속으로 기어들고

파도는
새색시처럼 수줍게 다녀간다

도시의 잡 냄새를 훌훌 털어내고
세월을 빨아 바다 공기에 말리고 있다

가없는 은빛 물결
꿈틀거리는 비릿한 내음

되고 싶은 게
어디 파도 뿐이랴

고즈넉한 밤바다
휘어진 솔낭구에 별이 내려 앉고

싶어도 갈 수 없는 옛날에
기억의 못자리를 더듬는다

어즈버 세상살이
바람처럼 파도처럼 살고 싶은 맘

청포도

알알이 익어가는 청포도는
누구의 넋이련가

알몸이 수줍어
함초롬히 고개 숙인 아름다움을

이육사 님은 주저리 주저리 열린 말 못할 전설을
청포도로 노래하고

익어가는 청포도의 계절
그가 바라는 손님은 누구였을까

어려웠던 일제 강점기
기다리는 손님은 독립이 아니었을까

가는 세월에도 청포도는 그대로 남아
이육사의 전설을 노래하고

는시렁거리며 나는
익어가는 청포도를 탐한다

청춘도 가고 뜨거운 열정도 가고
그러나 청포도는 또 익어가리니

포레버 우이쥬(forever with you)
청포도의 계절을 나 노래하리라

도도한 하늘 가 잠자리가 군무를 시작하면
나도 은쟁반에 하얀 모시 수건을 마련해 둘까

하늘 빛 닮은 내 유년

하냥 그리운
내 유년의 마당 깊은 집

늘 빛 고인 뜨락에
민들레 채송화 목단이 흐드러지고

닮아서 좋았던가
울 엄마 닮은 하얀 찔래 그 여름 장독대 뒤에서 수줍었지

은백색의 곰방대
울 할매는 여름 밤 나를 잠들게 하는 옛날 이야기의 보고였네

내 어린 날

유랑 극단 나팔 소리에
젤소미나 되어 배우가 되겠다는 꿈도 꾸고

년년이를 좋아했던 어멍 아재는
머슴이란 굴레를 벗어 던지고...살아있을까

후유증

꽃 향기 없어지고 다만
자늑하게 드리운 비안개만이 코숭이를 휘감아 돌고 있다

그늘을 나서면

늘 머슬머슬했던 햇살에
검은 기미 생길까 봐 조심스러웠다 그러나

넓고 푸른 하늘과
뜨거운 햇살이 그리운 지금이다

은근히 멍청해져 버린 감성
큰 병도 아닌데 나는 지금 큰 병을 앓고 있다

마당 넓었던 내 유년의 집엔
이맘때 쯤 찔래 꽃 향 그득 했었지

당최 지금 나는 바보이고
멍청이일 뿐이다 지독하게도

청보리 익어갈 때

청라 언덕 꽃 구름 떼
태양을 길어 올리면

보란 듯 푸른 녹즙은
질펀한 하루를 내려놓는다

리듬 타는 실 바람은
가만히 내 좁은 어깨를 어루만지며

익어 가는 게 어디 세월 뿐이랴
너도 익어가고 나도 익어간다고 속삭인다

어느 날

갈 바람 불어 먼 시간의 기별을 알리면
그 아련한 그리움의 깊이도 익어가겠지

때마침 다가오는 까만 어둠이
서슬 퍼런 상념을 잠재우고 있구나

햇살 가득한 유월

햇살 여물어
동네 어귀에 머물고

살 같은 세월은
매구처럼 달려든다

가도 끝없는 하늘엔
배 때 벗은 구름이 노닐고

득남한 여인처럼
유월은 도도하기만 하다

한낮

유월은 푸르고
햇살 가득하다

월색 찬연한 유월은
내 푸르른 초야이다

한여름 밤의 단상

지친 하루가 문을 닫고
나는 하늘을 본다 (프롤로그)

친정집 내 유년의 마당에 모깃불이 펴지고
할머니의 긴 담뱃대에 빠꼼이 불이 켜진다

하루를 마감한 어멍 아재도
평상으로 올라앉고

루비를 닮은듯한 별들이
하늘 전체에 매어 달린다

내린천 개울에선
악동들의 멱 감는 소리가 요란하고

여울지는 내 유년의 여름 밤은
별무리 새며 할머니 품에서 잠이 든다

놓아야 할 것들은
놓아지지 않고

고집으로 일관하며
지친 하루를 내려놓는다 (에필로그)

[제4부]

가을
그 쓸쓸함에 대하여

가을로 가는 마차

가만히 흔들리는 나뭇잎 사이로
야윈 햇살이 곱다

울러 맨 시詩 한 수에
내 가을이 여물고

로변 양지 쪽
길냥이의 눈망울에 솜털 구름이 담겨있다

가는 길 아쉬운 여름이
다시 오마 약속하고는 손사래를 치며 가고 있고

는실난실 이 가을 오방지게 놀자 했더니
세월에 약을 발라 청춘을 모으자 한다

마음은
벌써 추녀가 되어 가을 속을 헤매고 있고

차라리 이 가을 망아忘我 속의 내가 될까
추야의 긴 밤을 지새울 자신이 아직 내겐 없다

가을이 오면

아름드리 팽나무 사이로
가뭇한 햇살이 시름시름 앓는 소리를 내고 있다

가을이 오나 보다
저 여인의 하늘하늘하게 내린 소매 끝을 보니

을밋을밋 내빼는 여름 아재 엉덩이를
냅다 두들겨 본다

이제 내 세상이다
시 한 수 울러 매고 전국을 떠돌아 다녀 보련다

오직 나 만을 위해
저 붉게 물든 홍엽은 나를 위해 낮은 휘파람을 불어주리라

나 만을 위해
오직 나 만을 위해

봐도 봐도 좋은 너 안에서 나 노래 하리라
그 옛날의 시린 사랑 얘기를…

이별 예감

시월의 못이 내게 박혀 봇물을 이루며
명치 끝을 후비고 있다

월색이 찬연했던가 10월이
기억에도 없다

의사도 제대로 전달 받지 못한 채
그 좋았던 시월이 눈앞에서 멀어져 간다

마음을 정화시켜
기도로 눈 감아보지만

지금은
허허롭기만 하다

막차는
그렇게 떠나려 하고

밤이 서러워
나는 문 앞을 서성이고 있다

2020년 10월 31일

시월의 어느 멋진 날에

시월이 가만히 내게로 와
네 눈망울을 기억할게 하며 떠나려고 한다

월 수 금 보내고 화 목 토를 보냈을 때
내게 일요일이 남아있어 괜찮다 했지 그치?

의심치 않은 네 뜻에 나 부합하지 않음을
너는 알고 있잖아?

어느 날
세월이 고장 났다고 너 말 했을 때

느리게 너를 탐하며
눈물 뚝 떨어뜨리던 나를 기억하니?

멋진 날에 나는 눈물 콧물 구름 한 점
참 아리다 참 아프다

진짜로 아프다

날마다 아프지 않았음 좋겠다
너도 그리고 나도

에둘러 떠나려는 구름아 하늘아
너는 내게 또 성찰과 통회의 기도를 원하고 있구나

시월의 마지막 밤

시 세운 갈 바람은
길 떠날 차비를 하고

월색이 병인 양 하여
가는 밤이 아프다

의지할 데 없는
내 언어는

마음 한 자락 깊은 곳에
연민의 수繡를 놓고

지금 떠나려는 시월에
안녕을 고하고 있다

막을 내린 무대의
허무함처럼

밤은
시월의 마지막 밤은 온통 허무로 꽉 차있다

가을 그 쓸쓸함에 대하여

가슴을 열어
내 속을 다 드러내 보이고 싶다

을밋이 흐르는 햇살은
동네 어귀 작은 공원에 머물러 있고

그리움은

쓸어도 쓸어도 없어지지 않고
한가해 진 허수에게 안부를 전하고 있다

쓸데없는 상념은 한 근 의 무게로
내 가을 앓이를 어루만지며 깊이 박힌 사리를 꺼내고 있고

함박 웃음 웃고

에둘러 떠나는 가을은

대답 없는 그리움으로 남고

하여

여분의 그리움도 함께 보낸다

가을 그 그리움

조응하는 바람
잎새를 가르고

국화는 노을 빛에
그리움을 담는다

이리도 고운 하늘은
색 구름 빚어내고

여인의 치마 자락에
오색 빛이 물든다

산 자락 작은 庵子
老僧의 불경 소리는

하 시절 좋았던 여인의
사랑가 아니던가

여물은 가을 햇살에
요망한 여심이 수줍다

청춘이었지 그때는

억새 바람결에 일듯
내 청춘 붉기만 하더니

새소리 바람 소리마저 사위듯
힘차지 못함이 지금이다

그때

꽃과 나비였던
우리는

다함을 핑계로
젖은 갈 옷을 갈아입고

운명 같은 이별을
즐기지 않았던가

가을 풍경

부서진 햇살들이
산탄처럼 흩어지면

라일락 야윈 꽃잎
맥 없이 떨어진다

장사꾼 침 발라서
돈 다발 셀 즈음에

상 다리 부서지게
한잔하는 가을 날

* 부라장상府羅將相 - 천자문
중앙의 부서에는 장군과 재상을 망라하였고

귀갓길

가을 타는 냄새가
난다

도심의 어느 곳에서
가을이 타는 걸까

끝없이 펼쳐진 도시의 모래 기둥에는
가을 냄새가 없다

없는 것 없이 풍요로운 도시의 사막에선
오로지 환락과 탐욕만 있을 뿐

는적이며
가을을 탐할 틈이 없다

하늘엔
눈썹 달이 외롭게 곱다

늘 그랬듯이
나는 몇 알의 사과를 사기 위해 과일 가게 앞에 머문다

십일월의 戀歌

십 리 밖 노을 진 자리에
그리움을 앉힌다

일그러진 햇살은 무심을 가장하고
그날의 아픔을 다독이고 있고

월요일 오후 쯤이던가 비처럼 내리는 은행잎
내 부끄러운 굴욕들이 천형처럼 와 박힌다

의식의 부재를 핑계 삼아
잃어버린 청춘을 무릎에 앉히고

戀書를 써 꽃 봉투에 넣어보지만
부쳐야 할 주소가 없다

가뭇없이 사라져간 네 형상에
아픈 십일월이 흘러가고 있다

만삭의 가을이면

사색이
담을 넘는다

고요함도 허허로움도
부질없는 착각이다

무력을 동반한 공간에
셀 수 없는 그리움들이 나풀거리고

친족의 어감語感처럼
나는 가을 지병과 놀고 있다

대 보름날 밤에

달빛 머문 거실 창가에
차운 바람이 조용히 앉는다

아직은 덜 여문 계절이
저 만치서 떠나올 채비를 하고 있고

달이 차서 기울면 나는 또
마음 주름을 펴고 어떤 기도로 세상을 위로할까

아직은

밝고 맑은 내 감성을 주심에
두 손 모아 감사하며

은은하게 퍼져나가고 있는 달빛을 향해
다붓한 웃음을 웃고 있다

달무리 예쁘게 퍼져나가는 밤에
나는 말간 그리움을 배우며

아직은 채워지지 않은 내 모든 것에 대하여
그 그리움을 메워가고 있다

겨울로 가는 낮달

겨운 달 裸木 위에
세월로 매어 달려

울음 우는 겨울 밤이
아프게 지나간다

로댕처럼 굳어 앉아
찌든 허물 날리고

가는 세월에 쏟아내는 열정은
타는 꽃잎이 되어

는시렁 는시렁
들 빛을 흔들며 가고 있다

낮달에 스미는 바람
겨울인가 했는데 ,

달이 가고 나 또 가니
이 밤의 봄은 또 어디 쯤 오고 있을까

잎 진 거리에 서서

갈잎 진 거리에
아시시 찬바람이 인다

잎 지길 기다리던 가을은
떠나기를 재촉하고

진작에 못다한
가을 이야기를 들려주려 하고 있다

거기

리힐리즘이 존재하는 거리에
실존주의 니체가 서있고

에굽어 서러운 나목裸木은
가는 계절을 아쉬워하고 있다

서서히 계절은 간다
그리고 나도 가고 있다

세밑에서

세월을 키웠던 젊은 날
사진 속 내가 꽃처럼 예쁘다

밑 빠진 독처럼
부어도 부어도 채워지지 않던 세월이

에옥한 살림처럼
지금 내게 아픔으로 다가오는 것은

서로를 아우르는 허공의 흐름이라는 것을
부정하면 그건 반역일 테지

본디

내 마음 자락에
설운 은유를 키웠어도

모습은 그대로
인간임을 부정하지 않으니

습한 공기일지라도
하늘 가지에 고운 구름 한 점 걸어 놔야겠다

소회所懷

겨우내
행복하게 살아갈 따뜻함을 모은다

울림이 없는 삶의 허무를
지금쯤은 알아갈 나이

길이 있어 가는 게 아니라
그냥 갔던 젊은 날이 있었다

목적 없이 그냥 내 달았던
내 젊음이 그리운 지금

에서에서 내가 내게 하는 말
이제는 허기진 결핍에 목 매지 말자 했다

서러운 길목에서도 너를 만나면 다붓한 웃음 웃고
이 겨울 따뜻한 커피와 시 한 수로 만족해야겠다

한해 마무리 하는 달

[부제] 바람

한해 끝자락에 서서
돌아본 내 뒷모습은

해질 녘 여름날의 실바람처럼
부드러움이었으면 *좋겠다*

마주 보는 눈이
사랑으로 가득했으면 *좋겠고*

무한한 공감대를 형성할 수 있는
너그러움이었으면 *좋겠다*

리드하는 사람을 보좌하는 사람으로도
만족했으면 *좋겠고*

하루 하루 고마움으로 가득한
삶이었으면 *좋겠다*

는적는적 가더라도
부지런한 나였으면 *좋겠고*

달이 가고 또 가도 나를 돌아보며
성찰하는 사람이었으면 *좋겠다*

새해 다짐과 소원

[부제] 지금 나는

새 날을 받아 들고
한참이나 예우는 생각..세월이다

해를 거듭할수록
스며드는 간절함이 절박한 기도로 이어지고

다함 없이 살아온 날
돌아보니 無心을 가장한 내가 여기 있다

짐스런 내가 되지 않으려고
꾸준히 나를 다스리고 있지만

과유불급이라 해도
지금은 조금 넘치고 싶다

소원은

원 하는 것만큼 멋지게 살고 싶음에
새삼스러운 나를 채찍질 하고 있다

[제5부]

그럼에도 불구하고

그럼에도 불구하고

사실
대한민국은
오만하지 않아
상상 이상의 경제 발전에도

* 사대오상四大五常 - 천자문
  네 가지 큰 것과 다섯 가지 떳떳함이 있다

Donation

배가 되는 기쁨
수반되는 만족감
여유 있어 하는 것은 아니거든
신선한 삶의 희열

* 배수여신盃水輿薪 - 천자문
  한잔의 물로 수레에 가득 실린 나무에 붙은 불을
  끄려 한다는 뜻
  불가능에 도전하는 어리석은 짓을 두고 하는 말

* Donation : 기부
  기부한다는 건 우리네의 오랜 전통이다. 이웃집에 누가
  죽으면 삼베 몇 자라도 끊어가지고 갔다. 상복을 그걸로
  만들라는 거였다. 잔치가 있으면 계란 한 줄, 또는 호박
  몇 개 들고 갔다. 그게 기부였고 자발적인 관습이었다.
  이걸 서양사람들이 흉내 내어 도네이션(Donation)을 한다.
  그래서 그런지 우리말 발음으로 "돈 내시오"와도 닮았다.

우리

배 고프고 춥던 전쟁 후의 *우리*
궁상맞게 기워 입던 하얀 옷의 *우리*
사립문을 열어둬도 가져갈 것 없던 *우리*
영화보다 더 기적 같았던 경제 성장의 *우리*

* 배궁사영杯弓蛇影 - 고사성어
  술잔 속에 비친 활 그림자를 뱀으로 착각하다. 쓸데없는 의심을 품고 지나치게 근심하는 것을 비유. 의심이 너무 지나쳐 없는 일을 진짜로 믿게 되는 것을 형용할 때 사용하는 성어

시간

촌음을 아껴 쓰라는
음성이 들리는 것 같다
시간을 허비하고 있는가? 나는?
경을 칠! 아니다 아껴도 재가 그냥 간다

* 촌음시경寸陰是競 - 천자문
  촌음을 다툼이 진정한 보배로세
  한 자나 되는 큰 보배는 귀하게 여기지 않아도 한 치의 시간은 소중히 여긴다. 그것은 시간이란 얻기는 어려워도 잃기는 쉽다는 의미이다.

단상

강 건너 산 마루에 석양 빛 스며들고
구름은 한가롭게 강 위서 노닐다가
연분홍 석양 빛에 가만히 입 맞추니
월색이 무심타 하나 태평년월이구나

* 강구연월康衢煙月 - 고사성어
번화한 큰 거리 저녁밥 짓는 연기가 달빛을 향해 피어오른다는 뜻으로, 태평한 시대의 평화스러운 풍경을 이르는 말.
국토의 확장, 찬란한 대륙 문물의 수입은 강구연월의 태평성대를 누리게 하였지만 신라 고유 전통과 씨족의 단결을 잠식(蠶食)하는 결과를 가져왔다.

세시 풍속

풍년의 예감인가 춘설이 분분쿠나
전설로 남으려나 우리네 전통놀이
등잔불 켜던 시절 나라를 앗겼어도
화간한 남녀처럼 버릴 줄 몰랐는데

* 풍전등화風前燈火 - 고사성어
  바람 앞의 등불이라는 뜻으로, 매우 위태로운 처지나 오래 견
  디지 못할 상태를 비유적으로 이르는 말

두식이의 일탈

거하게 한잔 하고 집으로 돌아가는
두식이 등 뒤에서 결 고운 목소리로
절세의 단순호치 한잔 더 하자 하네
미인계 먹혀들어 에라이~ 모르겠다

* 거두절미去頭截尾 - 고사성어
머리와 꼬리를 자른다는 뜻으로, 원인과 결과를 빼고
요점만 말함

나그네

강나루 벗길
구름 잡아 노닐고
연분홍 석양 빛에
월악산 길 눈부시다

* 강구연월康衢煙月 - 고사성어
번화한 큰 거리 저녁밥 짓는 연기가 달빛을 향해 피어오른다는 뜻으로, 태평한 시대의 평화스러운 풍경을 이르는 말.
국토의 확장, 찬란한 대륙 문물의 수입은 강구연월의 태평성대를 누리게 하였지만 신라 고유 전통과 씨족의 단결을 잠식(蠶食)하는 결과를 가져왔다.

일본

일본 놈의 강제 침략
　이가 갈린 긴 긴 세월
　　삼십육 년 피 빨리고
　　　사람 대접 짐승처럼
　　　　오직 지들 이익 위해
육신 정신 모두 가둬
　칠흑 같은 모진 세월
　　팔 것 살 것 하나 없어
　　　구걸 했던 우리 국민
　　　　십 수년 이 갈렸다

백화점 쇼핑

[부제] 하이고 이 쫌팽아

가자고 했잖여
　나보고 그런 겨?
　　다른 이 또 있어?
　　　라면 좀 먹구서
　　　　마음이 안 내켜?
　바지는 안 입어?
　　사람이 왜 그랴?
　　　아직도 안 내켜?
　　　　자신이 없는 겨?
　　　　　차라리 혼자 가?
　　　　　　카드나 줘 봐봐
　　　　　　　타인은 안 준다?
　　　　　　　　파랗게 질리긴
　　　　　　　　　하이고 이 쫌팽아

가을 계획

가을이다
나 떠나리라 훌쩍 어디로든
다 잊고 떠나리라
라면을 먹으면 어떠랴
마음 좋은 곳으로
바람 좋은 곳으로
사랑 있는 곳으로
아침엔 맑은 이슬 오후엔 말간 석양
자신을 사랑하며
차가운 밤 바람도 좋다
카키색 긴 옷에
타는 듯 빨간 티셔츠면 더욱 좋다
파아란 하늘 속에 나를 담그고
하~ 참 좋은 계절이다

현대판 춘향전

공부하러 한양가서
농땡이만 부리더니
동냥아치 돼가지고
롱런하고 남원오니
몽룡이놈 꼴좀보소

봉우리도 없는머리
송송뚫린 베적삼에
옹기하나 들고와서
종일앉아 구걸하네
총체적인 난국이라

콩튀듯한 세상에서
통큰춘향 넓은마음
퐁퐁세제 풀어놓고
홍실청실 멱감겨줘

천국

가보진 않았지만
나는 늘 믿습니다
다른 건 모르지만
라온의 세계란 걸
마음과 육신 모두
바르게 살아야지
사랑은 넘치지만
아집은 조금 있어 내가
자신을 낮추면서
차가운 현실에도
카랑한 마음으로
타인도 배려하고
파란 빛 양심이면
하늘에 오르겠지?

여행

가려 했던 여행 길
나하고 딸 아이 둘
다른 사람 없이 가
라일락 핀 에펠 탑
마음은 하늘 날고
바라던 파리 여행
사이 좋은 삼 모녀
아주 좋은 이 계절
자신 있게 셋이 만
차 없이 비행기로
카드는 가져가지
타인 건 안되니까
파리와 리옹까지
하! 멋진 프랑스로 - 20220526

www.thankyouhangul.com
SINCE
2002
한국행시
문학회
http://cafe.daum.net/3LinePoem

잊혀지지 않는 내 모든 것들에 대하여 그 세 번째 이야기

2024년 3월 29일 발행

저　　자 오 순 영
이 메 일 soongg77@hanmail.net

편　　집 정 동 희
발　　행 도서출판 한행문학
등　　록 관악바 00017 (2010.5.25)
주　　소 서울시 중구 을지로 18길12
전　　화 02-730-7673 / 010-6309-2050
카　　페 http://cafe.daum.net/3LinePoem

정　　가 10,000원
I S B N 978-89-97952-57-1-03810

* 잘못된 책은 새 책과 바꾸어 드립니다 ♡
* 이 책의 판권은 저자와 도서출판 한행문학에 있습니다
* 저자와 출판사 서면 동의 없는 무단 전재 및 복제 금지

공급처 도서출판 한행문학 www.thankyouhangul.com
전　화 010-6309-2050